AF402561

LA BEQUILLE,

POËME MORAL,

CRITIQUE

ET APOLOGÉTIQUE;

*PAR M. DE M**.*

LA BEQUILLE,

POËME MORAL,

CRITIQUE

ET APOLOGÉTIQUE,

Avec une courte Differtation fur la Trivialité, en forme de Préface.

A PARIS,

Chez PIERRE CLEMENT, Libraire, au paffage du Quay de Gêvres, Pont N. D.

___

M. DCC. XXXVII.

AVEC PERMISSION.

AU LECTEUR.

LE sens exact, la verité soutenuë de quelques traits de morale simple & naturelle, font le fondement de ce petit Ouvrage. La fiction a parû assez ingenieuse. La simplicité même en rend l'idée nouvelle. Le titre paroît trivial; un mot n'est jamais trivial que par l'accident des mauvaises allusions qu'on y trouve.

Rien de si contraire aux productions sensées que les idées vagues & mixtes enfantées par le Badinage. C'eſt, dit-on, le mot à la mode, tout eſt prouvé par-là. Aſſujettiſſez-vous au ſens reçû ? Ou point de réüſſite. Quelle prévention ! Non. J'oſe le dire, le bon ſens n'eſt point eſclave de ce charme contagieux. Il en eſt ainſi du mot BEQUILLE. Il faut ſupporter des alluſions forcées & des Quolibets quelque fois très-inſipides. De-là ce qui n'eſt au fond qu'un ſujet d'attention ſur nous-mêmes ſemble ne pouvoir être conſideré qu'autant que l'on cede aux vapeurs malignes de l'équivoque.

C'eſt donc l'application
qui rend un mot trivial, puiſ-
que l'idée de cette même application ſe répand preſque
univerſellement ; mais quelque à la mode & rebatû que
ſoit un mot pris dans un dou-
ble ſens, peut-on s'étourdir
ſur ſa proprieté ?

L'eſprit eſt de tous genres,
& l'imagination ne fait le plus
ſouvent que changer de maſ-
que. C'eſt ainſi que l'homme
ſe joüe lui-même en diver-
tiſſant les autres. Qu'un Dan-
ſeur ait figuré avec applau-
diſſement le caractere Eſpagnol, qu'il rempliſſe auſſi-
bien quelque rôle de Farceur,

dès qu'on fçait que c'eſt le même homme, ne fera-t-on pas curieux de fçavoir quel eſt ſon caractere le plus ordinaire? L'eſprit habille donc les mots, & l'imagination les traveſtit. Si l'eſprit ſe traveſtit en Farceur, & que ce genre plaiſe, il ſe dépoüillera du caractere Eſpagnol & négligera la gravité du bon ſens, dont je veux bien croire qu'il ſe décore le plus ordinairement dans les coupletiſtes de profeſſion.

Après tout on ne diſpute point ſur les goûts. J'ai ſuivi le mien. Heureux ſi je ſuis de celui de quelques Lecteurs. Par préjugé il y en aura peu pour moi, par réflexion il pourroit y en avoir beaucoup. Chacun pense comme il peut, ou comme il veut.

Naturam expellas furcâ, tamen usque recurret.

LA BEQUILLE,

POEME MORAL
& Critique.

Rnement précieux de la sage
vieillesse,
Je chante tes progrès , ta
gloire & ta noblesse :
Bequille, je te vois dans toute ta
splendeur ;
Au bon goût des François ton pouvoir
fait honneur.

Souffre que les accès d'une Muse cri-
tique
Se fixent sur les pas de ta beauté stoïque;
Et demasquant le faux d'un populaire
abus ,
Te montre dans un jour plus digne de
Phœbus.

La Déesse aux cent voix publiant ton
histoire ,

De te chérir partout on se fit une gloire;
Tu nous montras d'abord vertus & bon-
    nes mœurs,
Mais tu ne vis bientôt que des profa-
    nateurs.

Par quel retour affreux, symbole de
    prudence,
As-tu pû décorer l'aveugle adolescence?
Le Destin l'a permis, je n'ose en dis-
    courir;
Tu portes le respect, ce seroit en sortir.

Sur la cime d'Ida le formidable Her-
    cule
Se sent manquer de force; & le feu
    dont il brûle
Donnant quelques instants à ses esprits
    confus;
Cher Philoctete, hélas, ne me regrete
    plus!
Trop heureux en mourant, de soutenir
    ta gloire!
Cette peau, digne prix d'une mâle vic-
    toire,
Pût-elle te donner la force du lion,
Et porter les humains à t'aimer en mon
    nom!

Et

Et toi, par qui mon bras sçut déli-
vrer la Terre
Des monstres que le Ciel vomit dans
sa colere,
Redoutable Massuë, inutile instru-
ment,
Seconde d'un Héros la force en ce mo-
ment.

Il meurt ; de son ami l'adresse pré-
voyante
Taille en bâtons menus cette Masse
effrayante ;
Et par cette industrie il répand en tous
lieux
Les trésors qu'un seul homme avoit
reçûs des Dieux.
Par ses soins généreux la force répan-
duë,
De tes Forêts Dodone est jusqu'à nous
venuë.
BEQUILLE, à nos besoins tu prêtes ta
vertu,
Et de l'Ourse au Midi ton mérite est
connu.

De ce bois qui dompta l'Hydre af-
freuse de Lerne,
Philoctete enrichit l'infernale caverne ;

B

Origine de la Bequille.

On en fit des fourchons au bident du
    Dieu noir :
La fombre Lachefis en eut un devi-
    doir.
Eole fit voler les débris vers Neptune ;
Et de ce tronc fameux l'écorce peu com-
    mune
Servit à conferver les Oracles des
    Dieux ;
La Sybile Cumée eut un bâton noüeux.

Les Se-
vennes. Vers les arides monts * d'où la Loire
    s'écoule ,
D'un monde périlleux laffé de voir la
    foule ,

Hiftoire Un vieillard prit azile , ennemi de tout
moder-   bien ,
ne de la BEQUILLE , de fa paix tu devins le fou-
Bequil-   tien.
le. Là , des voluptueux déplorant la mi-
    fere ,
Tu l'aidois à cueillir quelque racine
    amere.
A la fource des eaux il faifoit fon re-
    pas ,
Et fans defir ni crainte attendoit le
    trépas.

Quand certain Ecolier de la plus baffe
    efpece ,

Dont le duvet naiſſant dénotoit la jeu-
    neſſe ,
Fit tomber le vieillard que gens de tous
    états
Ont, d'un commun accord , ſurnommé
    BARNABAS.

    Sur un plant de choux verds la Sa-
    geſſe immolée.
Vit en moins d'un inſtant ſa Bequille
    volée.
Si ſa tremblante main eût pû la rete-
    nir ,
Un reſte de vigueur ſe ſeroit fait ſen-
    tir.
Mais non : ſans s'amuſer à d'inutiles
    plaintes ,
Un coup d'œil au GRIMAUD donne de
    ſourdes craintes.
Le fripon d'Ecolier repaſſoit tous les
    jours
BARNABAS , nous vivions par ton hum-
    ble ſecours
Pour nous ta charité , pour nous ton zele
    utile
Ramaſſoient largement au défaut de la
    Ville ,
Et pour un troc de pain dû légitimement

Tu fournissois assez pour le chaudron
    fumant.

    Notre jeune piteux, le cœur plein
    d'amertumes
Ne peut cacher son vol, on le met aux
    légumes,
Nul assaisonnement, pas un seul grain
    de sel,
On le livre aux dégouts d'un repentir
    mortel.

    J'ay volé, cria-t-il, au grave Con-
    sistoire,
Châtiez, mais au moins un peu de vin à
    boire :
Va, nous te pardonnons, dit le Supe-
    rieur,
Reporte la BEQUILLE, & ne sois plus
    voleur.

    Il y court, sans vouloir excuse ni
    réponse,
Notre Hermite lui fit une vive semonce,
Puis avec mainte rave, & des pois pi-
    quotés,
L'étourdi fut porteur de ses civilités.

    Tu Triomphas enfin, ô Vieillesse
    prudente,

Ne croyons donc jamais la fageffe im-
puiffante
Quelque caducité que l'âge faffe voir,
L'experience acquife eft le fceau du pouvoir.

Depuis trente ans & plus l'Hiftoire
véritable
Du Bequillon volé m'a paru mémora-
ble.
Manes de Barnabas, excufez fi ma
main,
N'a pas à la Bequille offert l'encens
foudain.
N'ai-je pas dû prévoir une gloire fi
vafte !
Mais je fuis ennemi du grand bruit & du
fafte.

Il eft tems de blâmer le fantafque
cerveau
Qui donna les couplets comme un œu-
vre nouveau,
Dès-lors on murmura qu'une Mufe voi-
fine
Avoit fait l'impromptu d'une Chanfon
badine ;
Mais ne peut-on répandre un fel de nou-
veauté,

Sans y mêler les traits de quelque obſ-
cenité ?

Des ſteriles Auteurs qui tremblent dans
leur courſe

L'alluſion groſſiere eſt toujours la reſ-
ſource,

Auſſi mille refrains qui bruïent dans les
airs,

Cedent au premier feu des plus petits
éclairs.

Muſe, juſqu'à preſent peut-être
trop obſcure,

Rapprochant mes eſprits de la vérité
pure,

Loin d'un ſens trivial inſpire-moi des
Vers

Qui loüant mon ſujet expriment les
travers.

BEQUILLE à tous égards on connoît
ta puiſſance,

Tu joins à l'air galant celui de la pru-
dence

Le plus vain petit maître épris de ton
ſoutien.

Se donne un air plus grave, & poſe ſon
maintien.

En vain fur l'Helicon l'Auteur
   cherche des graces,
S'il n'eſt fûr dans le choix des ſentiers que
   tu traces,
Rien n'eſt droit, rien n'eſt bon ſur ce
   Mont épineux
Si l'eſprit n'a pour guide un bon ſens
   lumineux.
Oüi tu ſçais faire choix, & tout cerveau
   débile
Doit craindre d'abuſer de ton appui
   tranquile.
Tu veux bien ſoutenir la foible huma-
   nité,
Et ne ſers qu'à regret la folle vanité.
Tu vois des paſſions la dangereuſe eſ-
   corte,
Et laiſſes ſans pitié les mortels qu'elle
   emporte.

   Rimailleur trop uſé, ſans ton entê-
   tement,
La Bequille t'auroit conduit tout dou-
   cement.
Vouloir frayer d'Hymen les routes à ton
   âge,
Eſt-ce de la Bequille avoir fait bon
   uſage,

Et n'es-tu pas heureux, fi tu viens à
    gliffer
Que fon fecours préfent t'aide à te
    ramaffer ?
On reçoit des leçons fi-tôt qu'on en
    publie,
La raifon ne voit goute, & le bon fens
    s'oublie.
Mais..... au fond d'un Caffé laiffons
    de vains difcours,
Reprenons la BEQUILLE, & parlons lui
    toujours.

    Aux Suppôts de Bachus ton aide
    magnanime
Les fait voir fans défordre au milieu de
    l'abîme.
Souvent la réfiftance à ne t'embraffer pas.
Au plus affreux cahos précipite leurs
    pas.
Mais ce trait eft leger, ta bonté fecou-
    rable
A de vrais malheureux fut toujours fa-
    vorable
Pourroit-on s'oublier fur les biens que
    tu fais ?
Des Monarques François tu marque les
    bienfaits.

Par eux la Charité, sage dispensatrice
Sur Tobie aveuglé jette un regard pro-
   pice ;
Ce malheur pour Tobie est encor
   moins fatal
Que dans les clairs-voyants l'œil qui les
   conduit mal.

Fonda-
tion des
Quinze
Vingts.

    En promenant un peu la machine
   tremblante
La Mort voit retarder sa pourfuite acca-
   blante :
Est-on goûteux, infirme, ou d'un mem-
   bre perclus,
Les soins à te chérir ne font jamais
   perdus.

    Trop fragile Rozeau, c'est en vain
   que l'on vante
De ta fresle hauteur la beauté chance-
   lante.
Echape-t'elle ! Il faut d'ailleurs se fou-
   tenir,
Et l'or le plus brillant ne peut te garan-
   tir.

    O vous, de la sagesse infaillible
   modele,
Recevez un Eleve à vos clartez fidele ;

Que la BEQUILLE enfin nous ſoit dans
les Vieillards
Le tableau de Minerve & l'Ecole de
Mars !

J'Ai lû par ordre de Monfieur le Lieu-tenant General de Police *la Bequille, Poëme moral, &c.* dont on peut permettre l'impreſſion. A Paris, ce 19. Octobre 1737.

PAGET.

Vû l'Approbation, Permis d'imprimer. A Paris, ce 22. Octobre 1737.

HERAULT.

Regiſtré ſur le Livre de la Communauté des Libraires & Imprimeurs de Paris, N°. 2095. conformement aux Reglemens, & notamment à l'Arrêt de la Cour du Parlement du 3. Decembre 1705. A Paris, ce 25. Octobre 1737.

LANGLOIS, Syndic.